新雅兒童成長故事集

誰是我的守護神

韋婭　著

新雅文化事業有限公司
www.sunya.com.hk

新雅兒童成長故事集

誰是我的守護神

作　　者：韋婭
插　　圖：Sayatoo
責任編輯：甄艷慈
美術設計：李成宇
出　　版：新雅文化事業有限公司
　　　　　香港英皇道 499 號北角工業大廈 18 樓
　　　　　電話：(852) 2138 7998
　　　　　傳真：(852) 2597 4003
　　　　　網址：http://www.sunya.com.hk
　　　　　電郵：marketing@sunya.com.hk
發　　行：香港聯合書刊物流有限公司
　　　　　香港新界大埔汀麗路 36 號中華商務印刷大廈 3 字樓
　　　　　電話：(852) 2150 2100
　　　　　傳真：(852) 2407 3062
　　　　　電郵：info@suplogistics.com.hk
印　　刷：中華商務彩色印刷有限公司
　　　　　香港新界大埔汀麗路 36 號
版　　次：二〇一四年七月初版
　　　　　二〇一八年十月第三次印刷

ISBN: 978-962-08-6161-1
© 2014 Sun Ya Publications (HK) Ltd.
18/F, North Point Industrial Building, 499 King's Road, Hong Kong
Published and printed in Hong Kong.

目錄

成長路上

阿濃

　　各位小朋友，你們這個人生階段，最重要的事情是什麼，你們知道嗎？

　　答案是：成長。

　　你們大概沒有看過養蠶，蠶兒在結繭之前有四次休眠，在這四次休眠之間，牠們只是不停的吃。一大筐桑葉倒下去，牠們就努力的吃吃吃，幾千條蠶兒同時吃桑葉，發出的聲音好像下大雨一般。牠們這般努力的吃，就是為了完成一個成長過程。牠們的努力使我感動，但牠們不知道牠們未來的命運卻又使我感到悲哀。

　　我參觀過雞場和鴿場，成千上萬的食用家禽困居在一個個狹小的空間裏，憑自動供應的飼料和水按日成長，到了規定的日子，被推出市場或屠宰場。

短促的無意義的生命使我為這種安排感到遺憾。更不幸的是有一種飼養方法叫填鴨，要把過量的飼料塞進牠們的喉管，人工地製造一種被吃的鮮美肉質。

電視上看過一種養鴨方法，看上去比較人道。養鴨人手持一根長竿，把一羣幼鴨從家鄉帶上路，經過一些河流和池塘，鴨子自己覓食，一天天成長。最後到了預定的目的地，牠們已經適合送進肉食市場。趕鴨人連飼料也省下，鴨的旅程比較快樂，只是結局同樣無奈。

人的成長過程完全是另一回事，成長的目標之一，是能發展為一獨立個體，能夠控制自己的生命，度過有意義的一生。這有意義的一生包括相愛、歡樂、創造和奉獻。無比的豐盛，美麗又富足。

人的成長可分為身體成長和心靈成長兩部分，兩部分同樣重要。家長、老師、政府都應該關心下一代的健康成長，供應他們最健康的食物，提供鍛

煉身體的適當設備，讓他們接受從低到高的完整教育。這是基本，不應忽略但長被忽略的卻是心靈的健康成長。我們看到有人搶購認為值得信賴的奶粉，卻沒有人搶購精神食糧的書籍。

古人已注意到心靈成長的重要，孟子的母親搬了三次家，就是想找到一處良好的環境，有利於孩子的心靈健康成長。

影響心靈成長的因素很多，首先是家庭，父母的教導和本身的行為都深深影響孩子。跟着是學校，學校的風氣，老師的薰陶，同學的表現，對兒童及青少年心靈的成長有決定性的作用。隨後是社會，政府的管治理念，公民質素，文化水平，影響着每家每戶每個個體的靈魂風貌，整體格調。

其實有一樣能兼任父母、老師、政府的教化工作，影響人類心靈至深至巨，曾經很難得，現在很普遍的物件，它就是書籍。從前有少數人出身於世

代都是讀書人的家庭，稱之為「書香世代」。如今教育普遍，圖書館林立，網上資訊豐富，要接觸書籍絕無難度。只是少年朋友的選擇能力還未足夠，他們需要有經驗的出版家和作家為他們製作有助心靈成長的書籍。

香港最專業的少年兒童出版社，新雅文化事業有限公司，擔負起這個重要的任務，有計劃的製作一個成長系列。邀請城中高質素的兒童文學作家，為他們寫書。做到故事生活化，讀來親切；觀念時代化，絕不落伍；情節動人，文字有趣。編輯部又加工打造，讓故事兼備思想啟發和語文學習功能。孩子們將會獲得一套伴隨心靈成長的好書了。

阿濃

原名朱溥生，教師，作家。曾任香港兒童文藝協會會長。五度被選為中學生最喜愛作家。曾獲香港兒童文學雙年獎，冰心兒童文學獎。香港教育學院第一屆榮譽院士。

蝴蝶飄飄

蝴蝶在天上飛，那該是多麼美呢！

雯雯坐在窗前，眺望前方。遠山上的白雲，一片片，一朵朵，如果你不細看，完全不能感覺到它的移動。那盈盈然的婀娜之態，多像一隻隻相互追逐着的白蝴蝶啊！當然，那是一隻隻會變形的白雲啊，而如果真的要製作成一隻最漂亮的蝴蝶，該怎麼動手呢？

雯雯手裏握着的筆停住了，她把視線重新放在桌前，不由得皺起了眉頭。什麼

時候能把這些功課做完呢？瞧，數學，英語，常識，語文，還有一篇周記，和一篇描述文要寫！唉，雯雯真不想做功課，但如果不把它們做完，她又怎麼有時間去設計製作那個風箏呢？

——蝴蝶風箏哦！

昨天，班主任在班上宣布，說學校要進行全校春季風箏比賽，要每個班推選出代表，先在年級間比賽，勝出的同學，會代表學校出訪外校呢。

這消息令人振奮。班主任提高了聲調告訴大家，每個班一個設計，有的班是蜻蜓，有的班是燕子，也有的是老鷹或飛蛾，而我們班呢，是蝴蝶！

大家一聽樂了，蝴蝶風箏，聽着就有趣，想像吧，那會有多漂亮！班主任眼睛亮閃閃的，說：「我們一定要做出最漂亮的蝴蝶，好不好？」

一呼百應：「好啊！」

「那麼，請大家回家，下周一回來，各自提交一個設計方案，看看誰最有創意，最有想像力！」女班主任

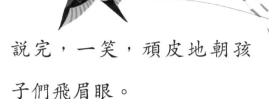

說完，一笑，頑皮地朝孩
子們飛眉眼。

　　大家雀躍起來，一個個躍躍欲試，誰
都不想讓老師失望啊，對不？

　　雯雯朝好朋友麗娜望過去，麗娜也正
好朝自己看過來呢！她倆打了個手勢，下
了課再細談！

　　放學的校巴上，孩子們擠成一團，你
說我笑，鬧翻了天。雯雯和麗娜坐在最後
的位子上，兩個人琢磨着，這蝴蝶風箏從
哪下手呢？

　　「老師說，要找參考資料呢！」麗娜
說。

雯雯點頭，可是她心裏在犯愁。查找資料，還得設計圖案，然後買材料來製作，這裏頭不知要費多少功夫呢！唉呀，能行嗎？

「行吧……」麗娜的話軟綿綿的。

雯雯想解釋什麼，卻又把話咽了下去。她心裏知道，其實麗娜與自己一樣，都有點兒擔心呢。擔心什麼呢，不是學不來做風箏的手工活——雯雯好想學做啊——而是怕完不成，怕沒辦法在短時間內做出來。想想吧，平時的功課本來就多——老師都喜歡布置家課，語文老師

有，數學老師也有，英文

科，常識課，連體育課老師都恨不得擠一

份功課給你呢！哈，各科老師都像是在暗

中較勁似的，好像誰少給了功課，就吃了

虧啦。哎呀，每天到家，把需完成的功課

擺出來，哇，小山似的一堆！熬夜到十點

以後是常有的事，媽媽比自己更急，會不

停地問，還有多少啊，做完了沒有啊？有

一回，雯雯自己也急起來，便遷怒於媽媽

的嘮叨，把功課捧起，走到媽媽面前，說：

「媽咪啊，做不完啊，不如你幫手啦！」

　　媽媽一聽，二話不說，果真就幫手做

了——要不，怎麼辦呢？雯雯有好多次因

捱夜，搞到第二天清晨起不了牀，做媽媽的能不心疼嗎？再說，有些家課的內容，說真話，類似的內容都做過多遍了，不知何故老師仍在布置——媽媽一邊幫做一邊嘟嚷。

媽媽幫自己做功課，

說起來真令人臉紅，雯雯不想讓別人知道。想想吧，要是老師曉得了，會不會罵雯雯偷懶？不過有一天，雯雯聽到班長說，有好些人的功課是家人代做的！事緣有一回開家長會，有父母抱怨學校給孩子的功課太多了，說弄到大人下班後，還要幫小孩做功課！班主任聽了直點頭，也不知是欣賞呢，還是反對呢？她那樣子又好像挺認真的。事後呢，一切照舊。也許，對於老師們的家課安排，班主任也作不了主吧？

雯雯好羨慕在國際學校讀書的表弟，他每天幾乎沒有功課。據說是「快樂學

習」，那我們就該「不快

樂」嗎？哼，要是自己也沒

有功課，那該多好──放了學

就可以玩個痛快啦，至少可以做自己喜歡

的事嘛！

「吃飯啦！」媽媽在餐桌上擺碗筷。

雯雯快快地走過來，一副無精打采的

樣子。

「又是功課一大堆吧？」媽媽看了雯

雯一眼。

「除了功課，還要設計蝴蝶風箏呢！」

「哦，那好玩呢！」爸爸說。

「好玩？可是……」雯雯望着爸爸，

不說話了。

「可是很難做，對吧？」爸爸這回倒是善解人意了。「沒關係，我們一起做！」

雯雯兩眼放光，臉上露出了開心的笑容。

「學校也真是的，做風箏，小朋友能行嗎？不是明擺着是考驗家長嘛！」媽媽嘟噥道。

「孩子們也可以嘗試做嘛，他們會的。」爸爸好像維護學校。

「是可以嘗試，但她要費多少勁呢，用多少時間？功課一本一本的，最多的時候我記得要做六科，那簡直不要睡啦！」

爸爸看了媽媽一眼：

「其實你不應該替小朋友做功課的。」

「這道理誰都明白，老師也應該知道，一個小朋友有幾大的能耐！」看來媽媽很不滿意爸爸的話，語氣裏帶着點埋怨。

爸爸笑起來，搖了搖頭：「奇怪，我們當年做小朋友的時候，真是沒有這麼多功課啊！」

「這叫時代不同了，今非昔比。」媽媽說。

「是現在的小孩比我們當年要聰明啊，哈哈。」爸爸打趣道。

　　一桌飯吃完了，這個話題似乎還沒有完。爸爸站起來，拍了拍雯雯的肩，說了句讓雯雯開心的話：「沒問題，這回，爸爸幫你！」

　　雯雯心頭的一塊石頭落了地。

　　父女倆先是研究設計方案，然後一起準備工具和材料，竹子、繩子、剪刀、木尺、黏條，應有盡有，還有小鋸子、粉筆、膠水等。爸爸說，要用竹子來做架，再糊上漂亮的彩色紙就好了。竹子有韌性，而紙呢，不能太薄也不能太脆。爸爸好像老行當一樣，那麼能幹。雯雯不能不佩服爸爸。

忙碌了
一整天，終
於做好了一隻
栩栩如生的蝴蝶風箏！
　　當雯雯把風箏設計
方案拿給女班主任時，她的眼
睛都瞪大了：「呀，這麼漂亮！」
雯雯的臉兒紅紅的。

　　而麗娜呢，她的風箏設計得也相
當傳神，老師說，這一回雖然班
上不是每個同學都能完成風箏設
計，但看交來的方案中，已有相
當出色的選擇了！一個是細木棒
的製作，另一個是軟竹子的製作

……女班主任的話音剛落，全班同學都鼓掌了。

「好啊，麗娜和雯雯的作品，就代表我們班去參賽嘛！」許多同學説。

雯雯好興奮，她朝麗娜望過去，見麗娜的臉兒也是紅樸樸的。

那麼，誰的作品更好呢？

哪個蝴蝶更漂亮？

投票結果，麗娜以一票之差，屈居第二。雯雯得了第一！

滿耳的掌聲。不知怎的，雯雯心裏有點七上八下的。

放學，一起乘校巴。車窗外下着微微細雨，下校巴的那一刻，雯雯突然叫住了麗娜。

「什麼事？」麗娜回頭。

雯雯笑了笑，欲言又止。兩個好朋友，從來都是無話不談的，但現在，不知怎地，有點有口難開呢。

雯雯鼓了鼓勇氣，說：

「我的蝴蝶風箏，不是我自己做的。」

麗娜疑惑地望着雯雯。

「是的，不是我自己做的」雯雯重複了一遍，「我並不是為了要拿第一，其實我是喜歡自己做，自己來完成的。但是，我家課做不完，如果爸爸不幫我……要不就不交功課，要不就像許多同學一樣，交不出風箏設計。」

班上誰人不知呢，雯雯從來都準時交功課，她是老師的表揚名單中的常客。

「你的風箏很好看啊。」麗娜答非所問。

「但不是我自己獨立完成的。」

「那也⋯⋯沒什麼嘛！」

「但我拿了第一⋯⋯」雯雯說，「真對不起，我不想跟別人說，但我要告訴你，請你原諒。」

「沒關係啊！」麗娜聳了聳肩。「其實我也是家人幫做的⋯⋯」

麗娜的兩隻黑眼珠圓溜溜的。

「嗯？」這回輪到雯雯迷惑了。

「我的風箏⋯⋯嗯，也是我媽媽幫忙做的嘛。媽媽不想我失敗，不想我做得不好，其實好多關鍵部位，

如果媽媽不幫，我就算自己落力做，都會做得亂七八糟的，那些黏條，那些竹子及紙張的裁剪，要好細心好有技巧才行……」

麗娜坦白而誠懇的話，令雯雯感動：「麗娜……」

「雯雯，謝謝你信任我，」麗娜又說，「你很誠實。」

「我也謝謝你呀麗娜，你明白我，你真是我的好朋友！」雯雯說，「我想有機會，我得跟老師解釋一下。」

「好的，我們一起去。」

夕陽把兩個女孩子的臉映得紅樸樸的。

心靈的成長

　　巧兒走進教室，一臉烏雲。人還沒有坐穩，鄰座的晶晶就湊了上來。

　　「你今天怎麼了，不開心？」晶晶問。

　　果然厲害，到底是好朋友。

　　巧兒瞟了晶晶一眼，沒吭氣，把書包往課桌的抽屜裏塞。

　　「說話嘛！」晶晶催問。晶晶是插班生，轉到這間學校才三個月，一直都是巧兒在幫助她補習英語，要知道她在四川鄉下讀書時，說的那英語真蹩腳啊。人家巧

兒成績好，還是英文科代表呢，卻從來不擺架子。晶晶現在的英語越來越好，昨天老師還在班上稱讚她呢！可是，現在這位小老師兼好朋友不開心了，晶晶能不着急嗎？

「有什麼事嗎？」晶晶在巧兒耳畔問。

「沒什麼。」巧兒沒好氣地說。

你聽這語氣，顯然是在生氣嘛，而且，一定不是小事！晶晶不得不刨根問底了：「巧兒，怎麼回事，說我聽聽，告訴我，誰欺負你了，看我不拿他試問！」

見晶晶這副模樣，巧兒不由得「噗嗤」一聲，笑出聲來。「沒什麼啦！」

巧兒剛想說什麼，張了張口，又閉上了，臉上立即就陰雲密布了。

　　「快說呀，告訴我嘛，急死我了。」晶晶催道，她的粵語正在學習中，語音中帶着明顯的四川鄉音。

「你沒聽今天的新聞嗎，哼，有隻小貓被人砍斷了一條腿，後腿……」

晶晶一聽，舒了一口氣：「哦，原來是小貓啊！我以為是什麼事呢！」

現在輪到巧兒驚訝了：「怎麼，你以為貓被人斬，沒事？！」

「不是，不是，」晶晶連忙說，「我是說，我以為是另外的什麼大事呢！」

「難道這件事不是大事嗎？」巧兒的聲調高了起來。

一旁原本沒有理會她倆說話的王小虎，聽到這裏，忍不住插話了：「小貓被人斬了，這有什麼，成天都有這種事發生

啦，好平常嘛……」

「你這話真是沒人性！」巧兒毫不客氣地抨擊道。

這話惹得王小虎跳了起來：「喂，我怎麼沒人性啦，你不要罵人好不好？」

「我不是罵你，」巧兒瞪了王小虎一眼，「本來嘛，你這種想法就是好離譜，難道貓就可以虐待，他們就沒權生存嗎？」

巧兒的話引來了周圍人的目光。

一聽「生存權」三個字，王小虎樂了。

「哇，好犀利哦，動物有生存權哦！」

王小虎的話陰陽怪氣，那諷刺的意味再明顯不過了，他摸着自己的光腦門，朝周圍

望着，像是為自己的話尋找市場。

　　果然，有人在吃吃笑。一個坐在角落的小男生，嘟了嘟嘴，作了一個怪表情。

　　巧兒的臉騰地一下紅了，她把手上的課本往桌前一放，一下子站了起來。她提高聲調說道：「真想不到啊，現在有人認為貓可以拿來殺的，就像有人會吃狗肉一樣，簡直是動物殺手，真正的沒人性的殺手！」

　　這話聽起來，有點指桑罵槐的味道。王小虎眼着眼，張了張口，想反駁，卻一時又找不到詞兒。

　　見巧兒火了，晶晶連忙上來解圍：「別

31

說啦，一會兒要上課了。」

　　巧兒卻不讓步，推開晶晶的手，說：「晶晶，不要以為貓是小動物，就可以隨便欺凌，小動物都有牠們生存的權利，不對嗎？我們都應該尊重，不是嗎！」巧兒鼻翼一鼓一鼓。

　　「說得好，我同意！」不知哪個小女生，發出尖厲的聲音。

　　「我也同意！」又有好些同學在說。

不知誰還重複了一句：「要尊重生命！」頓時，大家議論開了。

　　「我也看到新聞了，她叫麗麗，是一隻小貓女。」

　　「好可憐，渾身是血，命懸一線，是一個老婦發現的，報了案。」

　　「才四個月大。」

　　「那些無良的人，真應該捉來坐監！」

　　「對，應該將他們繩之以法！」

　　　　有人義憤填膺。

　　　　一時間，課堂內議紛紛，早讀課成了討論課。

顯然，殘害小貓引起了公憤。

許多人把鄙視的目光投向了王小虎，好像他就是殘害小貓的兇手，也有人把晶晶上下打量了一眼，似乎晶晶也成了王小虎的同道。

晶晶渾身不自在起來，這真是百口莫辯了——她可是心地善良的女孩啊。

晶晶的思維有些混亂，以前在鄉下，她真是見過有人吃貓肉或者狗肉哦，至於捕殺小動物……哦，那才叫層出不窮呢，有誰會在意呢？好像周圍的人都習以為常嘛！晶晶從來也沒有去深思過這裏頭有什麼問題。可是此刻，巧兒和同學們竟如此

激動，說的話，她懂，又好像不懂，她感受到了一種衝擊，一種來自心底的震撼……

「麗麗現在怎麼樣？」

有人不無擔心地問。

「牠在動物診所呢，獸醫正在搶救。」巧兒說着微微地皺了一下眉頭，歎了一口氣，「唉，情況不太樂觀……」

「不不，」紮馬尾的女生連忙說，「已經穩定了，只是很虛弱，正在吊鹽水。」像是安慰大家，又像在安慰自己。

周圍的同學舒了一口氣。

晶晶感到好新奇啊。怎麼，貓還看醫生哦，還給牠吊鹽水呀？這……簡直不可思議。她記得，鄉下那位鄰居張爺爺，躺在牀上奄奄一息，可他就是不肯去醫院，因為看醫生得花很多錢，說不定傾家蕩產，他就那樣捱着病痛，最後……晶晶的神情有些恍惚。

「簡直是胡作非為，什麼時候可以將行兇者捉拿歸案呢？」一個男生激憤的聲音打斷了晶晶的思緒。

是啊，有誰會為可憐的貓作主呢？

「聽說，這回警察接報後，已經立案

36

了！」紮馬尾的女生眼光閃閃地說。

「是嗎？這太好了！」巧兒不由自主地拍了一下手，「這一回，動物保護專員該高興了吧，因為以前的虐畜報案，好像都沒能成功立案哦！」

「是啊，大概是因為這類事情太多了，是吧？」有同學議論。

「太多？那不是更應該引起重視嗎！」有人反駁。

「嗯，我猜啊，是因為警力不足，所以……」坐在牆角的男生湊了過來。

「這可不是藉口，」巧兒打斷了他的話，搶白道，「否則，一個沒有公義的世

道，會是什麼世道？」那男生聽了，吐了吐舌頭，沒再言語。

一個叫小玉的女生開口了：「正義無法申張，這世界就不可愛了。」這女生性情文靜，平時不大說話的，現在竟臉紅紅地發言了，一副認真的模樣，而那口吻，像極了哪位老師站在講台上，一字一句的吐詞，令人肅然起敬。

一隻小貓的命運，把大家的心都揪到一起來了。但是，兇手能抓到嗎？

「現在還沒有專門的動物警察，很難抓到兇手的……」不知誰氣餒地嘟噥了一句。

「沒問題，有保護動物協會嘛！」一個高個子男生說。

「嗯，那才幾個人呢？」巧兒說，「應該靠大家，靠我們一起發聲！」說着，巧兒朝周圍的同學掃了一眼，「只有將我們的聲音傳出去，引起社會關注，才有可能立法。」

「是啊，」紮馬尾的女生興奮了，「聽說有人發起了集會，要求立法保護動物呢！我想我們應該去，你們說呢？」

「我也想去！」有人支持了。

「我們一起去吧！」一個胖乎乎的小男生舉了舉手，像上課似地發言了，情緒

有些激動，「多一個人，多一個聲音！」

　　對，多一個人，多一個聲音。許多人在說。

　　王小虎不知什麼時候已坐回自己的位子上。他翻了翻手中的書，像是在自言自語，又像是在對誰在說話：「我都會去的哦……」不過，課堂的聲浪太大了，沒有人留意到王小虎的動靜。

　　星期六下午，晶晶早早地來到了集會地點。果然，來了許多市民。男的女的，老的少的，大家來的目的只有一個，

就是要替被傷害的小貓麗麗發聲，有人甚至還帶了寵物一起出席呢。晶晶今天特地穿了一件胸前印有小花貓的恤衫，這是有象徵意義的。她的臉微微地有點泛紅，心情有些不平伏。

　　忽然，手機鈴聲響起。

　　「是我啊！」是巧兒，原來她到得更早呢，「晶晶，你在哪兒？班上好多同學都來啦，知道嗎，還有王小虎哦！」

　　「真的呀？」像是意料中，又覺得是意外，晶晶心裏好高興。

　　「還有呢，乖乖也來了。」巧兒說。

　　「誰是乖乖？」

　　「咦，你不知道？就是兩腳貓啊，那隻曾遭人潑鏹水而灼傷成殘的小貓。」

　　晶晶的心沉了下來。她記起來了，那是早前曾報道過的一則新聞的主角。

　　「牠是來為麗麗打氣的呀。」巧兒大

聲說，「對了，王小虎做了一個氫氣球，好棒啊，快來吧，我們在上面寫字，在上面寫上心裏話，讓它飄到天空中去！」

晶晶笑了，她興奮地朝同學們聚集的方向跑去。不知怎地，心下忽然生起幾分內疚。她覺得自己省悟得太遲了。腳步刷刷，她的心底升騰起一種責任，一種義憤之情。

氫氣球緩緩地升上了天空，晶晶的眼睛亮閃閃的。她忽然意識到，自己成長了。

是的，我們都在成長，心靈的成長。

神秘的網友

校巴駛來車站，艾瑪一眼就看到坐在窗口的的茉莉了。茉莉向她招手，臉上掛着神秘的微笑。

艾瑪迫不及待地跳上車，人還未坐定，便伏身向茉莉追問：「怎麼樣，她寄來了嗎？」

茉莉當然知道艾瑪指的「她」是誰。那就是這些天在 Facebook 上，與她們聊得熱火朝天的「一枝花」。

這個叫「一枝花」的人聰明伶俐，

能説會道，常把茉莉和艾瑪逗得笑到肚子痛——説清楚，她可是個女生哦，假如是男生——噢不，那才不呢，她倆在網上說得明明白白，她們只跟女孩子交朋友！

互聯網真是一個花花世界，人來人往，談笑風生。雖然互相看不到對方，但透過不斷跳出來的話語，會令你感到處身想像世界的快樂。不同的人，不同的口吻，説説笑，談談天，有一種在現實中無法獲得的滿足感。茉莉現在幾乎每晚必上網，與新結識的網友交談令她興奮，放學後回家，放下書包，就跑到電腦上去了。查看一下網友們的動向，變成了一件吸引

人的趣事，她們在做什麼呢，發了新照片了嗎？見到有誰換了大頭像，或正在發牢騷，說今

天某老師的課悶極了什麼的，她會馬上跟着呼應幾句。

　　而那個叫一枝花的女孩，她可算是其中最有趣的一位網友了。她除了把自己拍的街景或者小吃上傳到網上，還會專門發私人短訊給茉莉，她總會來一句：「返家啦？」又或者問「出街去了嗎？」等

等。而茉莉呢，當然也會禮尚往來，用靈巧的手指敲擊鍵盤：「我剛到家啊，今日好累啊！」有時，她也會像一個大人似地歎息一聲：「唉，好忙哦，哪有時間出街呢，好多好多功課，像小山一樣堆起來了……」

茉莉覺得生活很精彩，忽然

間有了一大堆素昧平生、卻像老友一樣無話不談的好朋友。在網上，你可以不斷地加朋友，真有一種莫名的刺激，你可以隨意說笑，鬧罵，把自己對外界的不滿一吐為快。嘿，多好！

現在，茉莉一聽艾瑪問及一枝花寄來的東西，就笑了。她拍了拍艾瑪的肩膀說：「哪有這麼快呢，才是昨天的事！」

是的，昨天的事，艾瑪你真是太期待，太性急啦。

喲，她倆是在期待什麼呢？

而一枝花，又究竟是什麼人呢？

*　　　*　　　*　　　*

一枝花是茉莉最先認識的，當茉莉把她介紹給艾瑪時，艾瑪很吃驚：「哎呀，她好像很有見識似的耶！」

　　是的，她真的很健談。當然囉，人家是富家女嘛，讀的是名校。她父母都在外國做生意，所以她當然成了自由自在的幸福女啦！不像艾瑪和茉莉，整天都被父母管束着，連上網的時間，都要受到管制——光這一點，一枝花的無拘無束，就夠讓茉莉和艾瑪羨慕的了。

　　你看，媽媽們總會對女兒這樣要求：「夜間上網，只准一個小時！」「早點睡啦，明天要返學哦！」又或者：

「聊天還不如看書好啦！」「網上應該找有益的網站來看！」

有一天，茉莉對媽媽駁嘴了：「誰說 Facebook 是壞網站？而我有自己的朋友，不對嗎？」把媽媽說得啞口無言。艾瑪也曾央求媽媽，說：「我只有茉莉一個好友，我認識多一點好友，會開心多一點嘛！」

有一天，媽媽問艾瑪：「網上認識的，靠得住嗎？」

艾瑪說：「靠得住，人家茉莉認識了好多朋友呢！」

看來一枝花家底子好，父母又對她好，所以不愁零用錢，她時常可以

50

買些中意的小食，或者挑選心儀的小飾物。她說這些的時候，好像很隨意，令人羨慕。漸漸地，一枝花在聊天中，似乎口氣越來越大了。

前天，一枝花上傳了一個俄羅斯娃娃，哇，真漂亮，還是手工製作的呢！那小娃娃小巧玲瓏，溫柔可愛，茉莉不由得大加稱讚。一枝花說，她還有另一款呢，那是一隻白羊星座圖案的娃娃。

茉莉好羨慕——茉莉正是白羊星座呀！令她意料不到的是，一枝花竟然大大方方地說：「好啊，那就送給你吧！」

茉莉眼睛瞪大了，「是真的嗎？」

「把你的住址寫給我，我馬上寄給你！」

有什麼比這個更令人歡喜的呢！茉莉高興得一顆心怦怦跳。

「那個俄羅斯娃娃，就送給艾瑪吧！」

是嗎？簡直不可思議，這位有錢的網友果真大方！

一天過去了。兩天過去了。茉莉放學一回家就查郵箱，又向管理處查詢，可是，什麼消息也沒有。甚至連一枝花也不見了蹤影。

郵件會有什麼意外嗎？真奇怪。

終於，到了第三天晚上，一枝花

露面了。

「沒收到啊？」一枝花在反問，她把她倆的學校和住址重複了一遍。

「對呀！」她倆一起回應。

「不會吧，你們是收到了吧，卻只是推說⋯⋯沒收到？」

這簡直是在污辱人吧？茉莉不高興了：「你不送就算了，我們可不會收到了，又不承認。」

艾瑪只好打圓場：「沒關係，有時候郵件也有丟失的呢！」

對方好久沒有回應。

茉莉給艾瑪傳了一個短訊：「你

不覺得嗎，這個一枝花有點問題。」

艾瑪打了幾個字過去：「是的，她好像在撒謊。」

送出短訊後，艾瑪的視線停留在屏幕上，她心裏「咯噔」了一下。媽媽一直在提醒自己要小心，說網上不安全，尤其是交友要小心，現在……不會吧，這個一枝花能說會道的，她是哪間學校讀書呢？哎呀，她們根本不曉得她在哪裏讀書，連她的真名也不清楚，還有，她說她家很有錢，但這只是她自說自話……一切都可能是，假的！

艾瑪忽然有點害怕。

她看了看四周，媽媽不在家。嗯，也許，這裏面不會有什麼問題吧，但願這只是自己一個人在家，自己嚇自己⋯⋯不會有什麼問題的。

忽然網上跳出幾行大字：

「聽着，我是大家姐，你們必須各交八百元，放在街市口第一個垃圾箱內。限期三天。否則，將對你們不利！」

艾瑪的眼睛瞪大了——和悦的「一枝花」一眨眼變成惡霸「大家姐」，這怎麼可能！心怦怦地跳起來，一伸手關掉電腦。她永遠也不想再看那個網站了！

*   *   *

「怎麼辦？」艾瑪在電話裏壓低聲問。

「我……」茉莉的聲音分明在發抖。

「我會……把錢送去，她指定的垃圾箱。」

「送錢去，不，不可能！」艾瑪叫道。

「她説，如果不送，以後會見一次，打一次！」茉莉差不多在哭了。

「哪裏説了？」

「你沒見她又發了短訊嗎？」

艾瑪一時無語，她根本就不想再上那個交友網站了。

「我們不應該將自己的個人資訊都告訴了她。」艾瑪後悔地説。

「她是騙我們的，她是黑社會。」

56

茉莉好像在哭。「我不想惹她，給她錢算了。」

「要是她過後，仍然繼續要錢呢？」

「啊？」茉莉好像更害怕了，「那我們怎麼辦呢？」

開門的聲音，是媽媽回來了。

「艾瑪，你好像有什麼事？」媽媽問，敏感的母親一下子就從女兒的表情上發現了端倪。

不知是因為委屈，還是因為害怕，艾瑪伏在桌子上哭起來。

聽了女兒斷斷續續的解釋，媽媽緩緩地從口裏吐出幾個字：「這是勒

索。」

「那我們……怎麼辦?」女兒抬起眼來。

「別怕,香港是法治地區。那些想不勞而獲、靠敲詐勒索、明搶暗奪地危害我們公平、自由生活的人,都休想得逞。」媽媽把「法治」兩個字咬得很重。

「法治?」

「是的,我們有法制,它是我們每一個人

58

公平生存的保證。孩子，這就是我們為什麼要愛我們的香港的原因。」

艾瑪凝望着媽媽，她第一次體悟到「法治」這兩個字的分量，以前她似乎從來沒有想過法制與我們個人有什麼關係，現在她好像突然明白了。

「來，我們走！」兩個單薄的身影，走進了警署的報案室。

星光燦爛，香港的夜是不眠的。

白海豚的悲歌

那天清晨，在日本和歌山縣，有一羣漁人將海豚圍捕殺獵，鮮血染紅了整個海灣。其中一隻小白海豚被活捉送走，海豚媽媽在尋兒不果之下，沉入大海再不浮出……聽到這個消息，我的心傷痛不已，我為小白海豚哭泣，為海豚媽媽哭泣，為那些被捕殺的海豚們哭泣。

——題記

在茫茫的大海上，有一羣海豚在自由自在地游走着。她們唱着歌，跳着舞，今天特別的高興。你知道為什麼嗎？原來啊，她們是在為可愛的小妹妹天使慶祝生日呢！

小天使長得白胖胖的，她不知道自己的膚色為什麼跟哥哥姐姐們不一樣，別人都是黑幽幽、光亮亮的，而她呢，卻別具一格，一身雪白，就像天上的白雲，在海面上漂浮着。也許，就因為她長得特別的與眾不同，

所以才得到海豚媽媽格外的疼愛吧。為此，小哥哥曲曲還有怨言呢！你聽他正在說話呢。

「媽媽偏心啊，老是圍在天使妹妹身邊。」

媽媽笑了，說：「曲曲啊，你是小哥哥，不要跟妹妹計較啊。」

「那我也是最小的弟弟嘛。」喲，曲曲說得在理嘛。

媽媽說：「小曲曲啊，你不知道，天使小妹妹身體有病啊，她白潔的皮膚與你們不同，那是會讓火辣辣的太陽光把她烤壞的。」

「噢！」曲曲吐了吐舌頭，連忙不作聲了。

媽媽繼續說：「還有啊，她那白色膚色所泛出的光茫，會讓敵人最先發現她，媽媽是擔心啊！」

曲曲這大吃一驚：「是嗎，那我也要保護妹妹！」

海豚媽媽笑了，嘴角兒彎彎，臉上浮出滿意的神色，她輕輕地唱了起來：

「依喲喂，依喲喂，依喲依喲喂……」

歌聲悠揚動聽，

在附近的大小海豚們，飛快地聚攏來，海
面上泛起了一陣烏雲般的波
浪，她們要慶祝小妹
妹天使的生日啊，大
家一起唱起了歌，歌
聲傳得很遠。

　　「依喲喂，依喲喂，依喲依喲喂

……」

＊　　　＊　　　＊　　　＊

　　海豚大哥猛地一躍，跳出了海面，在
空中畫了一個大大的弧形，噢，太漂亮了！
曲曲也學着大哥的模樣，用力將尾巴一划，
蹬出了海面。曲曲的小身子輕盈如翼，雖
　　　然黑色的弧線畫得比大哥要小一點

兒，可是非常輕柔，優美，大家都熱烈地鼓起掌來了。海面上騰起一片喧嘩。

咚咚咚，咚咚咚！遠方的岸邊，傳來漁人敲鼓的聲音。

「媽媽，那是什麼聲音啊？」小天使問。

海豚媽媽雙目遠眺，耀眼的陽光令她不由得瞇起了雙眼：「哦，那是一個叫和歌山的地方呀！漁人們要過新年啦，正在那兒高興慶祝呢！」

「媽媽，漁人是我們的朋友嗎？」小天使又問。

「是的，人類與海豚是好

66

朋友啊。」

「媽媽，人類是會捕殺魚類的，媽媽不是說，曾經有這樣的事嗎？」曲曲問。

「嗯，」媽媽似乎被問住了，「人類是以肉為食的，但她們不吃狗呀，因為狗是人類的好朋友。」

「那人類也把我們當作好朋友，媽媽是這個意思嗎？」

媽媽笑了，說：「是呀。我們的爺爺曾經救過落海的人呢，小船遇險了，那狂風啊……」

「聽過啦，聽過

啦！」小哥哥曲曲嚷了起來，「後來爺爺把那個落海的人，駝在背上，一直送到了海岸邊，對嗎，媽媽？」

海豚媽媽笑了。

「爺爺真棒啊！」小天使歡呼着。

海豚媽媽的尾巴在水中輕輕地划着。

是啊，狗會救人，海豚也會救人，所以與人類是天然的好朋友呢！小海豚們唱着歌，跳呀跳呀，一點也不覺得疲倦。

*　　　*　　　*　　　*

彩霞像玩累了的孩子，從遠空漸漸隱去。在海的盡頭，夕陽落下了最後一線光，輕輕地躍了一下，終於，沉下去了。

　　黑色的天幕拉上了。

　　「太陽要睡覺了，寶寶也要睡覺啦！」媽媽説道。

　　風嗚嗚地吹起來，像哭聲。天好冷啊。這個冬天的夜晚，海面上風似乎格外地強烈呢，吹得遠遠的海岸也像在冷颼颼地顫抖似的。

　　忽然，海浪不安起

來。今夜的海面有些不尋常。

這是什麼聲音，巨大的聲浪令人害怕。啊，不遠處的海面上，陡然間出現了幾條海船，不，那不是普通的船隻，那是發出巨大聲響的快艇。哦，那隆隆的馬達聲震天響，那是令海豚心慌神散的聲音啊，人類來了，他們想幹什麼？

「媽媽！媽媽……！」小天使驚恐萬狀。

「別怕，天使……媽媽在這兒。」海豚媽媽在慌亂中叫道。「跟着我，別離開。」

海豚媽媽的直覺正在告訴

70

自己，不幸來臨了。

「孩子們，快跑，能跑就跑，別回頭！」

海豚媽媽用盡最大的力氣，呼喊着。她用力地一躍，像箭一樣射了出去，黑暗中，她分不清孩子們跑向了何方，一個念頭在告訴她，要逃出包圍圈，不能任由黑漆漆的快艇驅趕。

海豚媽媽用力向前划着，用只有海豚家人能聽懂得音波，發出着自己的信號，跟我來啊，快跑啊，我們一定要

跑出這包圍圈⋯⋯

「媽媽⋯⋯」

一道白光閃過。

海豚媽媽停住了，她跳出海面，一顆心像要靜止了似的──她看到自己最心疼的白色的小天使，正在被驅趕着進入了三面封閉的小海灣。

「小天使⋯⋯！」海豚媽媽轉過身來，奮不顧身地朝天使飛去。

周圍全是聲音，那聲浪彷彿席捲了整個海面，海豚知道自己已落入了一個巨大的網內，正在走向最危險的境地。

「媽媽，為什麼呀，發生

了什麼事了？」這是曲曲的聲音。

「曲曲，你也在這兒……」海豚媽媽
的心抽搐着。

「媽媽，救救我……」是小天使的聲
音。

「孩子……」

海豚媽媽感覺自己就要窒息了。

*　　　*　　　*

「不要怕，他們不會
殺死全部的海豚的。他們會
放生一部分，也會送一部分
去人類的博物館，孩
子呀，不用怕……」

海豚媽媽叫着，她分明聽到自己的聲音在顫抖。因為她看到，在微亮的天空下，刀光劍影正在閃閃爍爍，海面上漾起了嗆鼻的血腥味——那是海豚們的血啊。

血，染紅了，染紅了整個海灣。

海豚媽媽仍在掙扎，她四處尋找，尋找她的親人，她的孩子們。

陡然間，她發現了那道白色的光，她的孩子小天使，正在被幾個人緊捉着，拖上黑色的快艇。

「我的孩子，我的孩子啊！」

海豚媽媽叫道，但是沒有人聽得到她的聲音。她跳出水面，又跌入海中，再跳出水面，再跌入海中。小天使失去了蹤影，她的小寶貝不見了。她奮力向前游去：「你們也抓我吧，抓我吧！」

紅色的海面，紅色的

痛苦，海豚媽媽的心已經碎了。

　　她被浪頭拋起來，又落下去。

　　快艇漸漸地遠去。聲浪隱然。

　　她的眼前是女兒小天使的笑容，是兒子曲曲在海面上躍起的漂亮弧形，是海豚家族們歡快的歌聲和舞姿，這一切，昨天還在跟前，現在全部融化在刀光劍影下了。

　　她活着，還活着。可是，她的小曲曲呢？她的孩子們呢？她最心疼的小女兒天使呢？

　　天使啊，小天使

啊⋯⋯

　　她漸漸地後退，漸漸地隱沒在海面下。她不願意再看這世界了。

　　海岸邊，一個穿紅衣裙的小女孩大聲地嚷叫：

　　「爸爸，那是一隻白色小海豚嗎？」

　　「是的。送往水族館。」

　　「海豚媽媽也一起去嗎？」

　　「不用。」

　　「海豚媽媽沉下去了。」

　　「海豚媽媽自殺了，孩子。」漁人說。

　　「爸爸，你們為什麼要殺死這麼多海豚呢？」

「不知道，那是古舊的習俗。」

海面上漂浮着的腥紅血色，比小女孩紅色的衣裙更鮮豔。

媛媛和翠翠

　　媛媛與翠翠鬧翻了！

　　聽到這話的人，沒有一個不吃驚的。
她倆多要好啊，從早上進課堂，到晚上放
學回家，她倆形影不離，整天像小鳥似的
聚在一起，說個沒完。

　　你不要以為是老師把她們編到了一
組，是顧及她們的關係，其實在翠翠插班
進來以前，她們根本就不相識。

　　媛媛的英文好，老師特地將翠翠編在
媛媛旁邊，還告訴翠翠說，媛媛在校際比

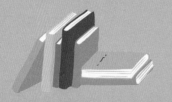

賽中，得過英文
大獎呢！有考官還
私下認真地問過媛
媛，說是不是她曾
在倫敦
居住過，
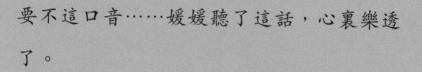
要不這口音⋯⋯媛媛聽了這話，心裏樂透
了。

　　說實話，媛媛也不知道自己的英文發
音怎麼就好呢，也許，人各有天資吧——
這是媽媽說的，叫她別驕傲，因為，每個
人都有不同的天份啊！

　　這不，翠翠的天賦就被媛媛發現啦

——翠翠的中文能力超好！比如說吧，那天有人用了一個詞叫「與別不同」，這是大家聽慣了的詞語，誰也不覺得當中有問題，但是翠翠卻說，應該是「與眾不同」才對，弄得大家莫名其妙，一時不如何應答。

有人專門找來詞典查閱了，還真的讓翠翠說中了，她對！從此班上誰也不再說「與別不同」了！翠翠的理由是，應該跟詞典寫作，而不應該用口語。

有人反問「與別不同」難道是口語？為什麼不可以「約定俗成」呢？翠翠笑了，說有新詞彙出現時，會被大家廣而接受的，

但成語嘛，早就有了，怎麼再來修改成另一個詞呢？連中文老師聽了，也點頭呢！

當翠翠的作文被張貼在壁報版上時，看到中文老師在上面寫了的紅紅的褒獎語，誰不對這位新來的翠翠刮目相看呢。

可是，現在媛媛卻和翠翠不說話了，你說奇怪不奇怪？

*　　　*　　　*　　　*

知道真相的人把事情傳出來了。

前幾天有一則新聞，說香港小學生的普通話還不及幼稚園。同學們看到這消息，感到很洩氣。有人說，那是統計出了問題吧，沒可能的！也有人

說，我們都有普通話堂，也都聽得懂普通
話，單憑一場比賽，就界定幼稚園的小朋
友普通話能力比小學生好，不科學嘛！

　　媛媛自我解嘲似地說：「嗯，本來嘛，

小孩子學語言就是快過大人吧，這有什麼好說的。」

可是，翠翠卻在嘀咕：「我覺得是因為沒有用普通話上中文課的緣故⋯⋯」

媛媛一聽她這話，不知怎地，感到很不舒服。媽媽說過了，香港用母語教學，指的就是廣東話，粵語是我們的母語。粵語表達多傳神啊，上中文堂換上普通話，那多彆扭啊！

對於普通話的推廣，媽媽就曾經發牢騷：「我們以粵語交流很明白，非得換成普通話做什麼？難怪廣州有人為了粵語電視台被逼以普通話取

代，而發起集會抗議呢！」在媽媽看來，普通話是一種語言，跟英語一樣，懂得聽，懂得說，就夠了．不需要人人都開口英語，或者普通話。「我們說自己的語言，粵語！」

所以，媛媛接過翠翠的話說：「用普通話上中文堂，誰聽得懂啊？」話一出口，又覺得不妥，便又說，「那會很不自然嘛！」

「用普通話上中文，可以培養聽力，同時又可以將文章讀得標準點！」

「讀得什麼標準？粵語也可以讀得很標準啊，而且，朗誦古詩，就是用粵語更

傳神！」説着，她白了翠翠一眼。

「……」翠翠愣了一下，她不明白媛媛這樣説的道理在哪兒，她自己連粵語都講不好，因為她從四川來香港才半年多一點時間呀。

　　　*　　　　*　　　　*　　　　*

第二天上課的時候，大家分明看到，媛媛跟翠翠不説話了。

原本一下課，兩個小腦袋就湊到一起去的小伙伴，現在一個伏在自己桌前看書，另一個不知跑到哪兒去了。放學的時候，也沒見着兩個人一起去乘校車。一整天，兩人根本沒有説過一句

話。

　誰錯了呢，誰更有道理呢，其實誰也說不清．

　媛媛想，翠翠一定是自己不識粵語，所以才希望以普通話的優勢來取代粵語吧？

　而翠翠呢，感到十分委屈。用普通話上中文課多好，為什麼要專門另開一課學普通話呢？普通話有拼音，什麼字一拼就會了，又沒有見到教科書注粵語拼音⋯⋯

　媛媛想，內地人個個都會說普通話，但聽起來都有些南腔北調的，沒幾個是標準的，又沒見他們要開課來整天訓練普通

話⋯⋯

翠翠想不明白了，上小一學中文，是由拼音開始的，用它來幫助識字。其實自己的普通話發音也不準呀，這有什麼關係呢？寫文章，説話交流，都達到了呀！

她看了媛媛一眼。她發現媛媛表情呆滯，抱着書本，眼睛根本抬都不抬一下，似乎媛媛今天的眼睛全長到鼻子底下去了。

她為什麼這麼生氣呢，我只説了一句話呀，用不用普通話教中文，又不干我的事。翠翠這麼想着，感到十分氣餒，她也弄不明白，就算自

己說錯了，媛媛也不用不理睬我嘛！

　　唉，翠翠望了望窗外的天空，陰陰的，天氣突然冷得要命，昨晚降到了八度，凍得她要蓋兩牀被子。奇怪，以前在四川時，天氣更冷呢，自己都受得了，可是來到香港才幾天，自己就好像變得嬌氣了。

　　人會變的，是嗎？

＊　　　　＊　　　　＊　　　　＊

　　是的，人會變的，準確地説，人會朝着自己努力的方向，變化的。

　　不是嗎？現在翠翠躺在牀上，就是在想這些。

　　一天下來，翠翠苦悶極了，她甚至感覺自己快要病了。其實，她不是在為媛媛不理睬自己而難過，而是在為自己沒能明白媛媛的心情而感到十分內疚。

　　本來嘛，自己初來乍到，人地兩生，粵語又跟不上，可是媛媛和一眾愛説愛笑的同學，對自己多友善啊。她們與她一起做功課，引她融入羣

體。可是自己呢，卻仗着中文比較突出，就自以為是起來了，但同學們也都沒人怪罪她，還一個個很好學，認同她的中文能力呢，而她，唉……看到媛媛不開心，其實翠翠覺得自己比她更不開心。

她想不明白，普通話在四川上學時，從來都不是一個問題，可到了香港卻成了問題了。人們會為一個音發得不準而吃吃笑，有的人為此還真不敢開口了呢。但在我們老家，唸走什麼音，誰管呢，別人只要聽明白了，就行了。唉，粵語，普通話，都是交流用的嘛，各有各的用，兩個地方真的好不同啊。

天亮的時候，翠翠一早就起來了。陰了好幾日的天空，突然就放起光來。太陽明亮亮地爬上了窗口了，閃呀閃呀，好像在跟翠翠打招呼似的。

「早安，太陽公公！」翠翠在心底呼喚着。

學校的大門敞開着，學生們正從四處湧入校園。

遠遠的，翠翠望見了那個她十分熟悉的背影——哦，不是望見，是尋見，她在尋找她，那個叫媛媛的女孩。她再也不想繼續昨天的不開心了，她要先跑去跟媛媛說話。

「媛媛！」她叫了一聲。

她看見那個熟悉的身影轉了過來，那

是靦腆的，羞澀的，欣喜的笑容……

她飛快地朝前跑去。

小三歡歡

　　有時候我想，也許是自己正上三年級的緣故吧，所以才對「三」字特別敏感，也才會有對那隻名叫「小三」的狗兒，有特別深的記憶吧？

　　認識小三，是在叔公家。去叔公家的時候，正是新年前夕。那會兒，家家戶戶都忙着呢。掃塵，辦年貨，巷子裏滿是肉香味兒。媽媽特別重視這一次回鄉，我猜，是因為第一次帶我回去吧。一路上，媽媽就一直在我耳畔反覆叮嚀，不可以失禮呀，

見面要勤叫人哪，人家給你紅包，要說吉利話來答謝呀，等等。我一邊聽她嘮叨，一邊望向窗外的街景。說實話，那輛回鄉巴士走得也真夠慢騰騰的了，不知是車上載的人太多了呢，還是這輛車本身就已經是老爺爺輩了呢？只見它一邊走，一邊放氣，「撲撲」，好像在歎息自己年歲太大了似的。

進叔公家的時候，好多人呢！可是，第一個迎向前的，不是別人，正是小三。牠是冷不防跳出來的，所以，着實把我嚇了一跳！不過，儘管牠不斷地汪汪吠着，尾巴甩來甩去的，

搖得歡呢！我感覺，牠不是在嚇唬人吧，牠說不定是認識我，在歡迎我呢。

果然，叔公的小孫子邦邦跑上來，一邊喝着：「小三！」一邊拉着我的手，說：「你是東東吧，別怕別怕，牠這是喜歡你呢！」我笑了，說：「我不怕的。」我朝小狗搖了搖手。

小三瘦精精的，牠大約是隻白色的狗，我說「大約」，是因為牠看上去實在太髒了，像在哪裏打了架回來似的，滾了一身灰，渾身上下灰不溜秋的。牠剛才望着我吠的時候，兩隻黑眼珠子骨碌碌轉，那眼睛很傳神，好像牠很能明白人的樣子。我

一下子就喜歡牠了，這是一隻好聰明的狗呀，我想。

邦邦拉我我一下，說：「走！」就往西屋跑，一邊說：「奇怪，小三原本對陌生人總是惡狠狠的呀，怎麼對東東你倒是一見就熟的樣子？」

「因為我喜歡狗嘛，牠也許知道呢。」我說。

「你喜歡狗？」邦邦說着，看了我一眼，「我們是養來吃的。」

我嚇了一跳，以為自己聽錯了。「你說什麼，不是吧——你是說笑吧？」

未等邦邦回應，就聽見媽媽在遠處大聲叫我：「東東，快過來，見過你叔公啊，你看這孩子，真不懂事呢！」

叔公家的親友真多，一個個見過，我都認不過來了。有的輩份低的，年齡長我許多，卻叫我叔；而有的年歲小的，我卻得叫姑，真把我弄糊塗啦。大家笑着，噓寒問暖，我從人們的談話中才得知，原來當年爸爸為了要娶媽媽，硬是跟家族裏的人鬧翻了臉。如今生米已做成了熟飯，家人自然也不好再多言了。何況，媽媽的勤

100

勞持家是大家公認的，叔公家本來就不應該為什麼命理之類的理由，而多加反對的。加上又生了個男孩，鄉人都格外重視，自然是滿意的。這不，此刻把我當稀罕的珍寶似的，左打量右打量，問長問短，哈哈的笑聲傳得老遠。

趁着大人說話的當兒，邦邦拉着我跑回了西房。我回頭看，見那隻小狗也像尾巴似的，跟了過來。

「小三，走開玩去！」邦邦嚷道。

「不，」我說，「牠很可愛的嘛！」

「牠太瘦啦，肉不多，不肥。」

「健康就行了嘛，幹嘛要肥？」我摸了摸小三的頭，小三顯然是把我當家人了，不停地搖着尾巴，還伸出舌頭來舔我的手，弄得我手癢癢的。我笑起來，「牠很容易與人親近呀，牠真好玩！」

我問邦邦：「為什麼叫牠小三？」

「因為牠是我們家養的第三隻狗啦！」

我不以為然：「這名不好聽，牠的性格很好呀，好討人歡喜的，不如叫歡歡嘛！」

邦邦聳了聳肩，「哈，隨你啦！」

於是我摸着小三的頭說：「歡歡，我叫你歡歡！」小三立即「汪汪」地吠了幾

聲，好像很樂意我給牠起了個新名字似的。

正玩着，正屋大堂那邊傳來一個男人的聲音：「小三，小三！」

　　小三立即敏捷地跳了起來，衝了出去。

　　「是給歡歡吃東西，或者洗澡？」

　　「不知道。」邦邦搖了搖頭。「你玩電腦遊戲嗎？」

　　「好啊！」我一聽，樂了，這是我的最愛啊！因為平日在家媽媽老管着我，除非功課做完，否則決不讓我動電腦的。我們立即動手。我朝正屋那邊望了一下，小三，不，歡歡沒見着影兒。

　　電腦開起來，哇，真多的

種類，都不知道選哪一項呢！

「這個這個！」邦邦叫道。畫面上七彩繽紛。看來邦邦很熟悉遊戲的程式，說不定我會很快輸給他的。忽然，從正堂那邊傳來一聲狗的尖叫聲，那不是一般的聲音，是一種遭到打擊的慘叫。

我停下手，問：「怎麼回事……？」

「大概是要殺牠了。」

「你說什麼？」我愣住了，兩隻手僵在鍵盤上。「你亂說吧？」

我感到自己已毛骨聳然。下意識裏，我想到了什麼。因為以前媽媽曾說，這邊的人是吃狗肉的。那會兒第一次聽媽媽說

這事，我當時簡直要嘔出來，而現在，竟然會⋯⋯這是真的嗎？

大約是我的表情嚇住了邦邦，他連忙說：「其實我們這兒，吃狗肉是很正常，以前養的那兩隻狗都吃了。」

我是真想嘔了：「你們⋯⋯為什麼要，要這樣對待狗？」

邦邦似乎沒聽明白我說的意思。

這時，我看到一些人站在正堂門口，大家望向遠處。

原來，有人用斧子砍狗兒，那狗兒逃了，遠遠地跑向街口。

「小三，回來！小三！」

主人在喊。

　　遠遠地，小三停住了，轉過頭
來。主人不停地喊，那狗兒在那兒猶豫。
顯然，牠不明白主人剛才的行為，但現在
主人的呼喚，又迫使牠不能不在兩難之間
作出選擇。

　　我的心一下子揪緊了，為什麼，這裏
的人是這樣的？我希望那狗兒快逃跑，你
不是很聰明嗎，你難道不知道他們要幹什

麼嗎？大難臨頭了呀歡歡，快跑吧，再也不要回來！

　　但是，那隻狗最終會選擇什麼呢？牠是逃不出自己的宿命了，因為牠的使命是忠誠於自己的主人。牠一定會聽從指令回到主人那兒，牠如何能知道

自己將是主人桌上的盤中餐呢？

我的眼淚頓時流了出來，我問邦邦：
「你們為什麼這麼殘忍？」

邦邦似乎無法理解我的感情，他與小三相處幾年，為什麼卻抵不過我與牠才結識幾小時的感情？

我說：「你知不知道，狗是我們的朋友，牠懂我們，牠不是普通的動物！牠不是養來吃的！牠是養來與我們做朋友的！」

我大哭起來。我想起了發生在日本和歌山縣漁人捕殺白海豚的事，於是哭得更厲害了。叔公家的人無論如何也不明白，

108

他們用最好吃的東西招待我們，卻讓我大哭了一場，傷心非常。

在返港後的許多日子裏，我常會想起小狗歡歡，牠的黑眼睛，牠的汪汪的吠聲。大人的世界裏，有許多複雜的事，我們弄不明白。但有一件事，他們中的許多人是錯定了。那就是他們以惡行來對待狗隻，對待像狗兒一樣有情感的其他動物。

這一天，我在日記中寫道：等我長大了，我要做保護動物的工作。

一定。

誰是我的守護神

開春以來的這些日子，我們班同學的每一天，都像浸泡在開心的氛圍裏似的。無論是雨天還是晴天，無論是上課還是下課，班上每一位同學的臉上都掛着微笑，那微笑是那樣的神秘，又是那樣莊嚴、那樣的神聖。每張笑臉的背後，都彷彿在尋訪着什麼，猜測着什麼，或者說是期待着什麼。但是，不留意的人，比如說隔壁班上的同學，是誰也不可能發現我們小五C班的這層變化的，

因為一切都像往常一樣，該上課的上課，該下課的下課，從表面上看，你什麼也發現不了。而實際上呢，

你怎會知道，每一位同學的心裏，都像揣着一隻小兔子似的，在那兒蹦蹦跳啊！

事情還得從新來的方老師談起。這位新來的代課老師可真神呢，你看她一頭烏黑的短髮，一雙烏黑的大眼睛，還有，一身烏黑的西服裙，姣好的臉龐加上矯健的身段，看上去就像一位剛從銀幕上走下來的明星，又或者說，像是剛從運動場走出來的體育健將。當然啦，這些話只能在同

112

學們私底下說笑而已了，大家是善意的，因為方老師她的確漂亮嘛。而且呀，她上課的方式又是那樣的新鮮，好像上課對她來說，就是來提問似的，一開篇就是問，為什麼，是什麼，你知道的能告訴我嗎，諸如此類。一篇課文，在短短的一節課裏，飛快地翻過去了，可大家都記住了，都懂了，都明白了，你說，這方老師她神不神啊？

更神的還在後面呢！前不久，她提出了一個遊戲，哎呀，太好玩了！這遊戲不是坐在電腦跟前拼命打機的那種——那才不稀罕呢！這遊戲是在班上，在

每位同學之間進行的，它有一個長期的過程，也就是說，等到方老師離開的時候，才能揭曉。哎呀想想都有點「驚心動魄」哦！這遊戲的名字也很特別，叫做「誰是我的守護神」！

你猜得出是什麼嗎？聰明如你，一定能猜個八九不離十了。對，就是每位同學，找一個守護的對象，你要處處守護對方，而這守護是悄悄地、秘密地進行的，你是不可以讓對方知道的。

如果你最早被對方發現自己是守護神，那你的遊戲就結束了，也就是說，找出自己的守護者是誰的人，就是聰明的小

贏家啦。所以，每一位同學所選的對象，就不能是平時最要好的左右座同學——那就太容易被發現而提前「掛」掉了，誰肯輸，當然不行！

而且，大家心底其實都有一個願望，那就是要堅持到最後謎底揭曉時，以便得到他們親愛的小方老師的獎勵呀——可是，那時候，小方老師卻要離開了，想起來，有點不捨呢。

哦，不想那麼遠了，現在大家都進入遊戲好了，進入狀態，只有做一個最成功的守護神，才可能是最好的成績呢！

守護誰呢，誰又是自己的守護神呢？哈，這個最大的秘密，只有方老師一個人知道，因為每個人必須在方老師那兒備案，也就是說，你不可以隨意地轉變對象，只有這樣，才能看出一個人的能力和耐力。當然，方老師會把那個名單像銀行密碼一樣，藏進自己的保險箱的。

遊戲規則一提出，整個班上都沸騰啦，大家像小鳥般嘰嘰喳喳，你呀，我呀，哈哈哈哈，究竟選誰呢，誰也不能告訴哦。或許自己想守護的對象，卻被別人選走了，一個人又不可以有兩位守護神，就只好再

找一位，可能這一位是自己不喜歡的對象，
嗯，那也無妨，因為更可以成功將自己這
位守護神隱藏起來。

　　我的守護對象很快就確定了。從講台
上下來時，我故意四處望——因為不能讓

別人從我的眼神中發現秘密啊！好像每個同學都這樣下意識地隱藏自己的表情呢。

那一堂課大家真是高興極了，人人都有了自己的一個秘密。接下來的事，就是要為自己的被守護者，提供自己的幫助了，這幫助又不能做得那麼明顯，要暗中進行。嘻嘻哈哈的同學們，一下課就鬧成一片了——

「你找的是誰呀，哈哈哈⋯⋯」

「不能講呀，但是真好玩啊⋯⋯」

「不過，這有點難做啊！」

「是怕被人發現哦⋯⋯」

早上，大家發現互相打招呼的人多了。

一句禮貌的相互道「早晨」，這本來是很平常的一件事，現在忽然聲音多起來了，響亮起來了——因為老師說了，任何的一個動作，一句問候，或者一個小禮物，一個小答問，都是你向被守護者發出的信號。每一天，你向對方作出暗中幫助或者守護信號的，都記在自己的日記本上——哦，現在大家可真忙碌了，多了一件事，就是記日記，最後要把自己的心得告訴方老師呀。

時間過得真快呀！

當老師宣布「守護神遊戲」即將結束

時，人人都在緊張地猜測，誰是我的守護神？

而我呢，我的守護神是誰？我在猜，是小楠嗎？他最近當了風紀，忙得連功課都趕不及交，雖然那天我肚子疼，是他陪着我一路上診所的呀，不過，這是老師指定的呀……

也許是阿邦？你看他眼睛圓溜溜，手腳最勤快，平日最愛對我說：「怎麼啦，有什麼就同我講嘛！」好像他是忠肝義膽的蜘蛛俠，但他對別人也會這麼說的嘛！

嗯，莫非是窗邊的那位小蘭，她最喜歡自製禮物送朋友了，手兒好靈巧，我剛

剛才收到她的禮物，說是祝我英文成績第一次進入了前十名……唉呀，猜不出來了，我的守護神究竟是誰？

姜麗麗沒有猜到我是她的守護神吧，我們以前並不是死黨，但這並不妨礙我們的友好發展，她的乒乓球打得棒極了，我和其他同學一起上前讚揚她。那天要交中文功課，還是我及時地提醒了她呢，不過她不會發現的，因為我是中文課代表嘛，一切都是尋常事。

老師一聲令下：「水落石出，請各位守護神現身！」

頓時，整個課堂歡騰了。隱形人「出

爐」了！

「原來是你呀！」

「真的是你呀，我其實已經猜到啦！」

「是我！」

「是我呀……」

有人尖叫大笑，有人又跳又蹦，有的忙向自己的守護神送禮物……我正在跟姜麗麗說笑着，有人拍了拍我的肩膀，我一回首，原來是阿德！

這一回我真是詫異極了，因為前天他才同我爭吵了呢！原因是那天功課多，數學解題好費時，我正想找來答案抄上算了，卻被阿德阻止了，說不如一起去自修室做

122

……弄得我臉一紅，跟他頂了兩句，他又不是數學課代表……啊，原來如此，他是我的守護神！對了，這陣子，他對我微笑多了，當然也一樣向其他同學表達了友善的信號——這是老師要求的嘛，我卻沒有猜出他來！

「啊，你是我的守護神……？」我問。

阿德只是笑，抓住我的手搖啊搖。

短短的一學期，大家都捨不得方老師，人是流動的，而方老師留給我們的，卻是這一份深刻而久遠的美好記憶啊。

作家分享・我想對你說

　　親愛的小讀者，雖然我們可能未曾謀面，但是我知道你就在我跟前，在聽我說，說那些故事，那些曾經聽過或沒聽過、熟悉或不熟悉的故事——這些故事是那樣地真實，它就發生在我們周圍。

　　是的，我的七個故事，確實是來自你的生活。每一天，我們不是都在看，都在聽，都在經歷嗎？我們的生命究竟以什麼樣的形態在行進的呢？它的流淌似是無聲，它的壯大似是無痕，然而，你畢竟在長大着，你畢竟是與眾不同了。

　　——因為你心裏明白，自己的每一頁，並不是渾渾噩噩、草草地翻過的，你生命的根在發芽，因為你在成長中觀察着，思考着，你在閱讀人生。

　　對，你在閱讀人生。你聽過這樣的說法嗎——文學是人學？從《蝴蝶飄飄》中，你看到替孩子完成功課的父母，是怎樣地煞費苦心來幫助我們，教育究竟是在哪兒出了問題，而令我們被緊張的功課弄得焦頭爛額呢？從《心靈的成長》中，我們怎樣去

理解一個人的成長不僅僅是形體的生長？從《神秘的網友》中，我們在想，面對紛繁的網絡世界，自己是否也會墮入某個意料不到的陷阱？而《白海豚的悲歌》又在訴說着什麼？如果說，它的敍述是一曲超越童話的有關生命的思考，那麼，《小三歡歡》又是否在說，直面真實的世界，我們應該如何發出來自心底的「尊重生命」的最強音？還有呢，《媛媛和翠翠》和《誰是我的守護神》，那是多麼快樂的故事啊，你感受到了麼——那些細柔如沙的情感，那些溫情如花的關愛之美？

此刻，捧着這本書，你有怎樣的驚訝，抑或感歎？當故事一個個跳入你眼簾的時候，你在想什麼？告訴我吧！

其實，你不用說，我也知道的。倚着窗，眺望青馬大橋上流水似的車流，我寫下了這本書的最後的一行：我們未曾謀面，卻相互熟悉，並遙遙相望。

———韋婭

仔細讀，認真想

看完本書之後，你心裏會有什麼感想或收穫呢？你有遇到過書中人物遭遇的問題嗎？你會怎樣解決？請再結合下面的思考題想一想吧！

1. 面對榮譽，如果你是雯雯，你會不會向麗娜敞開自己的心扉呢？

2. 貓類與人類是什麼關係？讀完這個故事，你能發現作者心目中的價值觀是什麼嗎？

3. 面對風雲變幻的網絡世界，我們如何來分辨那些虛虛實實的信息呢？你從這個故事中獲得了什麼樣的體悟？

4. 人類的海上活動日益科學和自由，但與人類共同享用地球的動物又如何呢？看完這個優美而蒼涼的故事，你想到了什麼？

5. 你與好朋友之間會否也有過類似故事中媛媛和翠翠這樣的誤會呢？這個故事中的哪個細節觸動了你？

6. 你喜歡小狗嗎？你怎樣理解「狗是人類的朋友」這句話呢？

7. 聰明的老師安排了「誰是我的守護神」的有趣活動，如果你也在這班上，你會想到另一個很特別的主意嗎？

看書的過程也是學習的過程，讓我們從書中找一些精彩的詞語或句子出來看一看，學一學。

例子一：你聽這語氣，顯然是在生氣嘛，而且，一定不是小事！晶晶不得不刨根問底了：「巧兒，怎麼回事，説我聽聽，告訴我，誰欺負你了，看我不拿他試問！」（《心靈的成長》）

賞讀：「刨根問底」是成語，是追究底細的意思。刨根，通常是指刨樹根，套用在查問事端上，就十分形象生動了。好朋友之間心有靈犀的相處，令晶晶一下子就發現巧兒心裏不高興，所以她就來追問底細了。你可以用這個詞來造句嗎？試試看：

刨根問底：＿＿＿＿＿＿＿＿＿＿＿＿＿

＿＿＿＿＿＿＿＿＿＿＿＿＿＿＿＿＿＿＿＿

＿＿＿＿＿＿＿＿＿＿＿＿＿＿＿＿＿＿＿＿

例子二：而茉莉呢，當然也會禮尚往來，用靈巧的手指敲擊鍵盤。（《神秘的網友》）

賞讀：「禮尚往來」，是指別人以禮相待，自己也要以禮相報的意思。我們要注意哦，不要錯寫成「禮上

往來」啦。因為這是成語，不可隨便亂改哦。你不能把
「三心二意」，寫成「五心三意」吧？就是這個道理。
請用這個詞造句：

　　禮尚往來：＿＿＿＿＿＿＿＿＿＿＿＿＿＿＿＿

＿＿＿＿＿＿＿＿＿＿＿＿＿＿＿＿＿＿＿＿＿＿＿＿

＿＿＿＿＿＿＿＿＿＿＿＿＿＿＿＿＿＿＿＿＿＿＿＿

　　例子三：彩霞像玩累了的孩子，從遠空漸漸隱去。
在海的盡頭，夕陽落下了最後一線光，輕輕地躍了
一下，終於，沉下去了。黑色的天幕拉上了。（《白
海豚的悲歌》）

　　賞讀：猜一猜，作者用的是什麼方法？對啦，這叫
擬人法。

　　作者是以舒緩的語言來寫這段的，為的是襯托隨後
而來的緊張氣氛。當你在閱讀此段時，透過字裏行間的
優美敍述，會不會產生內心的情緒感染呢？寫下你此刻
的感受：

＿＿＿＿＿＿＿＿＿＿＿＿＿＿＿＿＿＿＿＿＿＿＿＿

＿＿＿＿＿＿＿＿＿＿＿＿＿＿＿＿＿＿＿＿＿＿＿＿

＿＿＿＿＿＿＿＿＿＿＿＿＿＿＿＿＿＿＿＿＿＿＿＿